동백꽃

초판 1쇄 인쇄 ┃ 2009년 1월 14일
1쇄 발행 ┃ 2009년 1월 19일

지은이 ┃ 주치명
펴낸이 ┃ 김영선
디자인 ┃ (주)다빈치하우스 · 유선영
사　진 ┃ 옥건수, 김종태
책임교열 ┃ 이교숙

펴낸곳 ┃ (주)다빈치하우스 - 미디어숲
주소 ┃ 서울시 마포구 합정동 362-5 조현빌딩 2층 (우-121-884)
대표전화 ┃ 02-323-7234
팩스 ┃ 02-323-0253
홈페이지 ┃ www.mfbook.co.kr
출판등록번호 ┃ 제 2-2767호

값 9,000원
ISBN 978-89-91907-24-9　03810

동백꽃

주치명 시집

미디어숲

주치명 시인이 두 번째 시집을 상재한다. 그 시집 상재를 축하하는 많은 사람들과 같이 나도 이름 없는 꽃이지만, 시들지 않고 피어만 있을 꽃 구름을 주치명 시인에게 마음으로 드린다.

시인이 한 편의 시를 별처럼 하늘에 피게 하는 것과 한 권의 시집을 묶는 것을 무엇에 비유할 수 있을까.

지금까지 이 지구상에 없던 풀 한 포기나 다르게는 꽃 한 송이, 나무 한 그루가 새로 솟아나는 것과 같은 기쁨이다. 우주는 하나님이 창조하고 시는 시인이 노래한다.

"내 눈빛을 끄세요. 그래도 당신을 볼 수 있습니다."
릴케의 〈두이노의 비가〉 중 '순례의 시'에서

첫눈도 오지 않았는데
동백꽃 봉오리는
망울망울
맺혔구나

주치명 시인의 '동백꽃' 1연이다. 약간의 신비감이 구름처럼 떠 있다.

주치명 시인은 경남 거제가 고향이다. 문학 평론가이며 문리대학장이신 김재홍 교수님의 추천으로 문단에 등단됐다. 그리고 첫

시집 〈당신은 모르시나요〉를 '오감도'를 통해 출간했다. 그리고 제2시집 〈동백꽃〉이 신비의 문을 밀고 있다.

아
돌고 도는
그리운 물레방아

물레방아 4연의 작품이다. 9행이고 그 중 4연이다.
알렌포우가 '애너벨리이'를 부르고 있는 것 같다.
별들이 뜨면 아름다운 애너벨리이의 빛나는 눈을 봅니다.
시인이 버릴 수 없는 것은 어디에 있는가? 모든 시인의 마음에 있어라.
주치명 시인의 시집 〈동백꽃〉은 독자들의 시심을 한없이 먼 구름으로 부를 것이다.
물레와 동백꽃의 내일은 시집 속에 잠들어 있을 것이다.

2009년 1월
황준찬 (시인)

저 푸른 정열의 동백 숲 속에서 피어오르는
내 열정의 동백꽃 봉오리는 붉어라.
바스러지는 파도의 절망 속에서도
솟구치는 태양의 새 희망, 그 의지의 꽃은
나의 자랑이요,
우리 아름다운 거제의 꽃이다.

그 낮은 팔색조 울음소리에
내 어두운 귀를 열고,
그 뜨는 빨간 동백꽃 가지에
내 희미한 눈을 떴다.

이번 2집 〈동백꽃〉 그 동백향기를
갈매기 떼와 갯바람에 실어 보냅니다.
많이 부족한 글이지만 여러분들과
마음 나눔을 하고 싶습니다.
시작(詩作)에 도움을 준 아들 은빈, 딸 지은에게
고맙다는 말을 전하며 아내 명숙의 거칠어진 세월에
이 시집으로 위로를 보냅니다.

2008년 12월 22일
해뜨는 노자산 산자락에서
연당 주치명

| 차례 |

추천사 ·········· 4
서문 ·········· 6

동백꽃 ·········· 11
쓰디쓴 감자 ·········· 12
청개구리 ·········· 13
결별 ·········· 14
매미 ·········· 15
잔뿌리 ·········· 16
정치판 ·········· 17
노래 ·········· 18
눈뜬 뿌리 ·········· 19
소쩍새 ·········· 20
똥 ·········· 21
짝사랑 ·········· 22
꽃 시 ·········· 23
천심 ·········· 24
먼 길 ·········· 25
말 ·········· 26
사랑의 노래 ·········· 27
꿈과 희망 ·········· 28
옛 사랑 ·········· 29
웃음 ·········· 30
먼 산 ·········· 31
단비 ·········· 32
여보시오 ·········· 33
수평선 ·········· 34
봄비에 ·········· 35
막걸리 ·········· 36
희망은 ·········· 37

사랑은 ·································· 38

꽃향기 ·································· 39

바다는 ·································· 40

굽이길 ·································· 41

냄비와 가마솥 ·························· 42

궂은비 ·································· 43

용기 ···································· 44

한강 ···································· 45

인생은 ·································· 46

어쩔 수가 없어요 ······················ 47

우리 꽃 무궁화야 ······················ 48

바위 ···································· 49

테러 ···································· 50

산 ······································ 51

고백 ···································· 52

갈대 ···································· 53

노자산 ·································· 54

들국화 ·································· 55

은행나무 ································ 56

횃불 ···································· 57

밤 ······································ 58

하늘 눈꽃송이 ·························· 59

사랑 ···································· 60

자연 ···································· 61

물레방아 ································ 62

이 아침에 ······························ 63

하얀 찔레꽃 덤불에서 ·················· 64

해금강 ·································· 65

고목 ···································· 66

벚꽃 ···································· 67

봄꽃 ································· 68

못잊어 ······························ 69

길 ································· 70

파도야 ······························ 71

단풍 ································· 72

흰 눈 ································· 73

판 판 ································· 74

말할 땐 ······························ 75

닭 ································· 76

연 ································· 77

꽃샘추위 ······························ 78

봄의 고향 거제도 ···················· 79

고운 말 예쁜 말 ···················· 80

황금박쥐 ···························· 81

왕대 ································· 82

불길 ································· 83

애심 ································· 84

귀로 ································· 85

깃털 ································· 86

운명 ································· 87

진실 ································· 88

여유 ································· 89

그리운 사랑 ·························· 90

옹달샘 ······························ 91

빗줄기 ······························ 92

매미 떼 ······························ 93

인생살이 ···························· 94

푸른 솔 ······························ 95

훤한 목련 ···························· 96

동백꽃

아직
첫눈도 오지 않았는데
동백꽃 봉오리는
망울망울
맺혔구나

그대 기다리는
빨간 꽃잎 술
행여 올세라
찬이슬 머금고
나부끼는
푸른 동백나무여

동백

그대 오는
첫눈 밤길에
하얀 그리움 피는
초롱 등 불빛마다
그대
사랑이야기뿐이구나

쓰디쓴 감자

쓰디쓰다
살아온 내 삶이
내 생애가 쓰디쓴 감자 맛이다

뙤약볕 내리 쬐이는 정오
내 나이 마흔네 살에
사방팔방 갈림길이다

어디로 갈까
그늘 길로 갈까
땡볕 길로 갈까

씁쓸한 후회의 길을 지나
후끈 후끈 달아오르는 길
땀에 젖은 길로 가라
옆도 뒤도 돌아보지 말고
똑바로 가라

그러면
타박하고
달콤한 감자를 캘 수 있으리라

매화

청개구리

흐린
비가
올 때마다
청개구리는
괘괘괘괘괘액

청렴하라고
괘괘괘괘괘액

청빈하라고
괘괘괘괘괘액

갯고들빼기

메아리치는
청산도
세상 바라보고
괘액
괘액
괘액

결별

당신의
수첩에
적혀 있는
그
수많은 여자들의 이름 중에
저의 이름만은 지워주세요

저는
푸른 제복을 사랑합니다

그럼 안녕
안녕
안녕

개별꽃

매미

크고 작은
바위 속을
파고들 듯
울어대는
애매미
털매미
참매미
쓰름매미
산깽깽매미
그리고
한 마리 슬픔에 잠긴
유지매미여

긴
땅속
애벌레로 고달파
울어대는
너의 서러움이던가

짧은
숲속
어른벌레로 애달파
울어대는
너의 아쉬움이던가

뜨거운
여름 한철에
찌리리
맴맴맴
돌이조씨

잔뿌리

얽히고설킨
뿌리 중에서
잔뿌리가
피운 꽃이 더 아름답고
맺은 열매가 더 탐스럽다

우리 땅에
자란 뿌리
잔뿌리가

달개비

정치판

얽히고설킨 대 뿌리 같은 정치판이
돈판
세판이라

그 비정한 대 뿌리를
뽑으려다
내 양말 몇 켤레 구멍나고
내 코뼈 부러지는 소리
어깨에 멘 메가폰에 흘러나와도
아무 소용없네

얽히고설킨 대 뿌리 같은 정치판이
돈판
세판이라

(중앙신문 2006.7.13.223호)

미치광이 풀

노래

노래는
마음의 고향이자
감미로운 풋사랑이다

해
지친 마음의
부드러운 바람결이다

자꾸
자꾸만
떠오르는 달 같은 얼굴이다

자꾸
자꾸만
밀려오는 파도 같은 목소리다

툴립

정든 노래는
그침 없는
대자연이다
아니
불멸의 첫 키스다

눈뜬 뿌리

우리 삶
눈뜬 뿌리처럼
잘 살아야 할 텐데

보이지 않는
어두운 곳에서
잘 자란 뿌리의 힘으로
좋은 열매 열렸으니

우리 삶
눈뜬 뿌리처럼
잘 살아야 할 텐데

바위취

소쩍새

당신은 울보다 울보 소쩍새다
초저녁에서 새벽녘까지
달빛에 젖어 별빛에 젖어
울어대는
당신은 울보다 울보 소쩍새다
조각달은 강물 위에 여울지고
조각별은 바다 물결 위에 부서진다

아
조각별을 탄
당신은 울보다 울보 소쩍새다

삼지구엽초

똥

똥
똥
하지 마라

듣는
똥
기분 나쁘다

나도
똥 같은
인생인데
똥
똥
하지 마라

할미꽃

짝사랑

짝사랑 그대는

어디서

나처럼

늙어만 가는가

개복숭아

꽃 시

시는
아름다운
꽃이다

늦
가을
이슬 머금은
하아얀 꽃잎이
아롱아롱질 때

그
꽃은
아름다운
시이다

애기메꽃

천심

힘겨운 농사철마다
가뭄 때문에
마른 봇도랑만큼이나
동네 인심이 더럽다

시끄러운 선거철마다
정치 때문에
다른 표심만큼이나
나라 인심이 나쁘다

더럽고
나빠진 인심을
어떻게 되돌릴 수 있을까
천심으로

유홍초

먼 길

분명
낮길을 걸어왔는데
지금
어두운 밤길처럼 헤매는
알 수 없는
나의 길은
먼
길이다

무릇

말

말은
사람의 꽃이요
바로 정신이다

하늘타리(방언, 하늘수박)

사랑의 노래

술은 술잔 속에서
넘쳐 오르고
사랑은
내 마음 속에서
넘쳐 오르네

오
그대 사랑
잊으려고
한 잔
두 잔 기울이는데
따르는 내 술병 속에서
사랑의 노래가 흘러나오네

참나리

꿈과 희망

오
은하야
안드로메다 은하야

태양보다
오백오십 배나 더 큰 베텔게우스를 안고
이백이십만 광년을 달려야
이 아름다운 지구에
당도하는데
초속 삼백 킬로미터로 달려오느냐

너의
꿈과 희망을 향하여

둥근바위솔

옛 사랑

핑 도는 눈물은 뺨에
흘러내리고
옛 사랑 머금은 잎
잎 술에도
흘러내리네

이젠
울어도
소용없는 우리 사랑은
푸른 하늘, 땅
낭떠러지 끝에
그때
그 언약처럼 피는
연분홍 진달래꽃 한 송이여

우리 살아 그리움은
그 눈물어린
그 눈꺼풀처럼
곱디고운
연분홍 진달래꽃
꽃잎으로 피어오르네

기린초

웃음

빙그레 웃으니
복이 와요
행복이 와요
여자와 남자끼리 좋으니
호 호 호 웃어요

우리 모두 웃어요
하하하 깔깔깔
허허허 껄껄걸
히히히 낄낄낄
빙그레 웃으니
복이 와요 행복이 와요

바보와 바보끼리 즐거우니
히 히 히 웃어요
우리 모두 꽃처럼 활짝 웃어요
하하하하하하하

백일홍

먼 산

하아얀 빗줄기가
오락가락하니
먼 산이
그립다

오면 오든지
가면 가든지
그리운
솔잎 향기에
열린 창이
파아란 하늘같이
애닮다

해국

단비

외로운 안개 속에
단비 그치니
얼룩 개구리 떼
개골 개굴 개글

그리운 무지개 속에
나래 펼치니
큰 소 한 마리
우마 우머 우므

양귀비

그 푸른 울음 뒹구는
고향 들 논에
옛 아버지처럼
삐걱삐걱거리는
홀치이로
푸르른 물 다 잡았네요

– (古) 구상 선생님께 드리는 시 –

여보시오

여보시오
왜
혼자
웃고
야단이오

식구들은
허기져
웃음을
잃었는데

병아리 난초

여보시오
왜
혼자
웃고
야단이오

(2004년 5월 14일 탄핵정국에서)

수평선

먼
바다
저 배는
떠나가는
흰 돛단배다

울며불며
따라가는
거센 파도
거센 바람처럼
목메인
목멘 흰 갈매기 떼여

저 검은 산등처럼
날개 저어라
멀고 먼
수평선 끝까지

톱풀

봄비에

꽃내음에
하늘가슴 터지네
풀내음에
구름가슴 터지네

만남에 얼룩 땅이 되어도
꽃잎 피는 날에는
울지도 않을래요

사랑에
얼룩강이 되어도
풀잎 피는 날에는
울지도 않을래요

설레는
가슴에
물기둥이 터지네

사과꽃

막걸리

자네 한 잔
나 한 잔에
꽃피는 복골송화꽃이여
그 즐거이 지저귀는
새소리
물소리에
취해 보구려

그윽한 향기
푸른 솔밭 돌 틈사이로
방울방울 생명수 흘러 칠십여 년 세월

그 삼대 빚은 손길로
잔 따르고
잔 권하니 이 어찌 말로 다하리오

자네 한 잔
나 한 잔에
해뜨는 지세포 막걸리여

희망은

희망은
펼쳐진 땅 길
맨 처음
그 길은 없다

도전과 희생으로
내리막 길, 오르막 길, 넓은 길, 좁은 길
바른 길, 굽은 길, 가까운 길, 먼 길을
걷는
희망은
봄나비 떼
아부지 나무 지게 끝에
이름모를 꽃 한 송이
앉으려다 날아가 버리는
아
희망은
펼쳐진 땅 길이다

줄딸기꽃

사랑은

사랑은
심한 감기다
열
기침
몸살 같은

민들레

꽃향기

산
산길마다
산꽃향기 피고
들
들길마다
들꽃향기 피네
희망
꿈길마다
내맘 꽃향기
아지랑이처럼

돌콩

바다는

바다는
사랑이야기
헤어졌다
다시 만나는
사랑의 속삭임

거센 파도 칠 때에
내 작은 돌섬은
하얀 숨바꼭질
거센 물결일 때에
내 작은 돛배는
하얀 술래잡기
시샘하는
하얀 갈매기 떼

각시붓꽃

끼럭 끼러럭
맴돌다 가는
저 바다는
하아얀 사랑이야기

굽이길

산모퉁이
작은 길은
말없이 밝다

황소처럼
노력하고
수레바퀴처럼
인내하며

그 길은
더더욱 밝다
후회 없이
굽이굽이 돌아가는
나의 수레 길이여

큰꽃으아리

41

냄비와 가마솥

냄비 있고
가마솥 없다
서로 먼저
애비 아버지라

냄비 끓고
가마솥 굴뚝 속으로
사라진 지 오래

뿌우연 이야기
동네 듣네
끓는 냄비 있고
식은 가마솥 없다

서로 먼저
백도 백도라네

마디풀

궂은비

나의 삶이
먹구름 같아도
길게 내리는
궂은 비는
되지 않으리다
궂은
비는

황매화

용기

내
굴욕적인
삶을
사느니 보다
차라리
갯바위에
부딪히는
하얀 파도가 되리라

흰진달래꽃

한강

밤새
하늘을 바라보다

이슬 젖은 꽃이여

바람에
떨
어
져
한강
한
강

찔레꽃

인생은

앵록범밭골
물줄기
끝이 없고

그 흐름 속에
잠시 머무는
소용돌이처럼

인생은
나의
인
생
은

광대수염

어쩔 수가 없어요

우리 할배가
나를 보고
미쳤대요

어쩔 수가 없어요

우리 할배가
나를 보고
미쳤대요

– 아내 옥명숙의 독백 중에서 –

돌단풍

우리 꽃 무궁화야

우리 꽃
무궁화야
나는
장미꽃 향기보다
무궁화꽃 향기가 좋다

그래서인지
장미꽃 나무는 가시가 있고
무궁화꽃 나무는 가시가 없다

가시 없는
우리 꽃
무궁화야
어서
삼천리 금수강산에
너의 이름
꽃봉오리를 피워라
그리고
푸른 모판에다
세운 지게 작대기끝에

호롱불 걸고
모를 찌는 조상의 얼이 담긴
꽃이여

쉬지 않고
외눈박이 큰 소가 끄는 쟁기끝에
자다 벌떡 벌떡
일어나는 흙덩어리와 같이
피는
우리 꽃
무궁화야
어서 빨리
피어라 어서

바위

두꺼비 등, 등에서
폭우가 부서진다

자라 등, 등에서
폭포가 부서진다

거북이 등, 등에서
파도가 부서진다

천 년을 울고
억 년을 울어도
학이 되지 못하는
너는

냉이꽃

테러

꽃벌이다
아니다
땡벌이다
꿀벌이다
아니다
쌍상벌이다
어리호박벌이다
아니다
대추벌이다
장수말벌이다
아니다
살인벌이다

이상하다
화단 창문 옥상에서
벌떼다
정말 이상하다
비행기 국방부 쌍둥이 빌딩에서
살인벌 떼다
때 아닌 소용돌이
얼굴 없는 전쟁이다

산

하늘사이로
햇꽃이 핀다
꺼벙이가 봄을 좇는다

구름 사이로
꽃비가 운다
까투리가 여름을 좇는다

땅 사이로
달꽃이 진다
장끼가 가을을 좇는다

바람 사이로
눈꽃이 운다
꿩 떼가 겨울을 좇는다

쫓기는 발자국 소리
깁는 신 그림자

명아주

51

고백

너를 향한 그리움은

파도처럼

하

얗

게

부서진다

당개지치

갈대

별빛을 흔들고도
아쉬워서
달빛을 흔들고도
그리워서
시인의 가슴마저도
흔들었나요
스치는 바람이여
옛 임에게
절대 시인이라고 일러주오

신쾍

노자산

산아
날 낳은
노자산아
달빛 젖은 얼굴로 우느냐
피는 달아
우리 어머니같이
솟아라

산아
날 키운 가라산아
햇빛 타는 가슴으로 섰느냐
타는 해야
우리 아버지같이
솟아라

달 뜨고
달 져도
해 뜨고
해 져도
말없는 노자산은 그대로다

들국화

언덕에 핀 하얀 들국화야
가을바람에도
슬프지 않으려고
그리고 순정을 뿌려오

들녘에 핀 노오란 들국화야
가을햇살에도
기쁘지 않으려고
그리고 온정을 뿌려오

밤새 한 잎 두 잎 아롱져도
향기로운 내 님 닮은 꽃이여

가을향기에도
취하지 않는
내 뭇설이 되리오

들국화

은행나무

열한 잎은 늦가을이다
처갓집 담 너머로
금빛 은행잎이 가랑비처럼 흩어진다

타향 열한 잎은
낙향 다섯 잎
결혼 열두 잎
고향 서른 잎 속으로
금빛 은행잎이
소낙비처럼 쏟아진다

내 허송세월만큼이나
쌓여 버린 은행잎을
가을바람에
챙이질해 버렸다

쥐똥나무

횃불

별도 달도 없는 그믐밤이다
성냥불을 켠다
잿불도 등불도 없는 오두막이다
횃불은 켠다

사랑도 미련도 없는 썰물이다
밤바다 사냥이다
꽃게가 옆걸음질 치고
세발낙지가 맨손을 비꼰다

손 아금으로 금빛 숭어잡이도 잠시
꼬부랑 뻘밭 길을 가는
소라고둥이 썰물 앞에 섰다
참을 수 없는 하얀 바다 위로
불타는 횃불의 끝은
어디 뫼요

개나리

밤

잠 못 드는 별이다

잠 못 드는 달이다

잠 못 드는 파도다

잠 못 드는 오막살이다

초롱불 깜박이며
내 가슴 조이는
그리운 사람아

꿩의밥

58

하늘 눈꽃송이

하얀 눈씨 하나
이 땅에
뿌려주오

하얀 눈꽃 하나
이 바다에
뿌려주오

하늘 눈꽃송이 하나, 둘, 셋
물끄러미 서서 헤는
이 외로운 눈사람에게도
하얀 눈꽃송이를 뿌려주오

꽃창포

사랑

하늘과 땅 사이에 자연이 있고
자연과 자연 사이에 사람이 있다

사람과 사람 사이에 정이 있고
정과 정 사이에 사랑이 있다

사랑은 꽃벌과도 같다
꽃을 사랑하고 자연을 사랑한다는

그 작은 꽃벌의 몸부림은
나의 사랑 나의 몸부림
그 자체다

연꽃

자연

자연을 아낀다는 너는
어디에서 어디쯤 깨달았느냐

자연을 사랑한다는 너는
어디에서 어디쯤 돌아갔느냐

사람에서 자연으로 가는 길은
인간 생명력의 지름길이다

그 길을 가는 너는
소 우주의 벗이요
대 우주의 참 벗이다

선개불 알풀

물레방아

어머니의 손결을 감고 도는 맷돌 소리에
초가지붕 박꽃은 시들어져 달빛졌누나

아버지의 숨결을 감고 도는 도리깨 소리에
초가삼간 방문은 이지러져 햇빛졌누나

나의 꿈결을 감고 도는 물레방아 소리에
초가마당 돌담은 허물어져 빗물졌누나

아
돌고 도는
그리운 물레방아

꽃바지

이 아침에

그대 사랑 가시려나요
새
참새우는 이 햇살에

그대 사랑 가시려나요
솔
참솔이는 이 바람에

그대 사랑 가시려나요
동백 빨간 꽃피는 이 고향에

추억 두고
찬 서리처럼
그렇게 가시려나요
그대 사랑 눈뜨는 이 아침에

짚신나물

하얀 찔레꽃 덤불에서

그대 얼굴
보고파서
하얀 찔레꽃 가지에 걸렸나요

그대 사랑
그리워서
하얀 찔레꽃 가시에 찔렸나요

피멍들어가는 세월 사이로
아롱지는 하얀 꽃잎조차도
바라볼 수 없는 눈먼 이슬이여
하얀 찔레꽃 향기를

노루귀새싹

해금강

너는 바다의 꽃
나는 사람의 꽃이로다
큰 바다 돌섬에 풍난꽃 웃고
뭇사람 꿈섬에 천년송 운다

웃고 웃음에 십자굴 깊어가고
울고 울음에 촛대바위 높아가는데
홀로 뜬 기암 절벽 달꽃 사이로
아직도 아물지 않는 동과 서, 남과 북에서
스치는 만리 향기 말이 없도다

깽깽이풀

고목

가을빛 산모퉁이에
우두커니 서서
나무잎새 져버리는 소리를 듣고 있다

노을빛 길모퉁이에
우두커니 서서
가랑잎새 가버리는 소리를 듣고 있다

한번쯤 떠나야 할 인생이기에
노을 길은 외롭고 쓸쓸하다
노을빛 구름이 저만치 가고
잔별이 뜬다

노랑코스모스

벚꽃

하얀 벚꽃 봉오리가
샘솟는 삼월이 오면
그대 사랑 물어 보리다

하얀 벚꽃 송이가
파도치는 사월이 오면
그대 사랑 찾아보리다

하얀 찰라 꽃향기가
내 맘 아스라이 지고 말면 그뿐
봄날은 또 그렇게

벚꽃

봄꽃

꽃뱀 보고
놀란 봄꽃 봉오리가 터진다

멧돼지 보고
놀란 봄산 봉우리가 터진다

동백꽃 매화꽃 진달래꽃이
산돼지 발자국처럼
터져간다.

복수초

못 잊어

그대
못 잊어
저 바다는 하얀 바다 되고

그대
못 잊어
저 갈매기는 하얀 갈매기 되네

그대
잊어 달라던
그 말 한마디
하얀 물거품 되네

출렁이는 물결이여
더 높이 솟아라
날아가는 갈매기 떼여
더 멀리 날아라

그리고
갯바람에 울부짖어라
말없는 사랑이여
끝없는 그리움이여

꽃범의 꼬리

길

강 언덕 따라
흰 물 흘러가고
산 바람 따라
흰 구름 흘러가네

멀고도 먼 인생길을
물처럼
구름처럼
흘러가면
어
떠
리

조뱅이

파도야

부풀은 꿈들을

방울방울

흩어놓고

파도야

왜

그리도

가쁘게

설레이며

돌아서느뇨

흰 머리카락 풀어헤치고

파도야

파도야

파도야

호박꽃

단풍

익은 밤송이가
불이야
불이야
소리치다
알밤이
그냥
툭
투
두
둑 떨어졌네
불붙는 단풍 속으로

술패랭이꽃

흰 눈

흰 눈이
쭉쭉 뻗은 솔가지마다
푸르름
푸르름이 좋아
날아드는
학처럼
푸른 솔잎 위에
수북수북하다

작약

판 판

판
판을 떠난다
씨름판
정치판이
개판이라

판
판을 떠난다
제 발로

산수유

말할 땐

말할 땐
짙은 먹구름이
내뱉는
번개소리같이
말하지 말고
천둥소리같이
말하라

코스모스

닭

꼬끼오꼬끼오
장닭 울음소리에
여명이
장닭 벼슬같이
하늘 산봉우리마다
빨갛다

꼬꼬댁꼬꼬댁
암탉 울음소리에
해가
암탉 알같이
땅 초가지붕마다
누렇다

하늘말라리

그리고
삐악삐악
해맑은
노오란 병아리 떼 울음소리

연

나에겐
흰 눈 덮인
노자산 산꼭대기를 향한
한 가닥 연 실 같은
꿈이 있고
흰 뭉게구름 핀
동쪽하늘을 나는
한 점 연 같은
희망이 있다

꾸는
꿈속에 희망이 살아있듯
나에겐
돌고
도는
작은 얼레 하나가 있다

갯방풍

꽃샘추위

이른 봄
찬바람
찬 기운이 기승을 부리네

아마도
아름답게 필 매화 동백꽃을
봄, 여름, 가을꽃을
시샘하는가부다

아니면
잃어버린 눈꽃을
찾아 헤매는가부다

이른 봄
아직도
찬바람
찬 기운이 기승을 부리네

생강나무

봄의 고향 거제도

연분홍 진달래꽃이
송아지 혀끝같이
핥다

산기슭 따라
활활활
노오란 개나리꽃이
송아지 발굽같이
뛰다

개울물 따라
졸졸졸
하이얀 아지랑이 꽃이
송아지 꼬리같이
꼬다

바람결 따라
솔솔솔
아,
그리운 봄의 고향 거제도

군데 군데
꽃망울이
송아지 웃음같이
벙그러지네

버들가지

고운 말 예쁜 말

언제 어디서나
오가는 말이

지저귀는
산새소리
산 메아리 소리

그리고
피어나는
한 송이 꽃처럼
곱고 예쁘면
얼마나
아름답고 행복할까

제비동자

우리 말
좋은 말이

황금박쥐

어두운 밤 속을

캄캄한 동굴 속을

날아다녀야 할 귀한 황금박쥐가

벌건 대낮에

우리나라 한복판을

날아다닌다는데

해를

달덩어리로

제기랄

흔하디흔한 검은 박쥐들이

누런 구리동전에

물이 들었군

바위채송화

왕대

속이
꽉 찬 썩돌보다
속이
텅텅 빈 왕대가
더
곧고
더
푸르다

장미

불길

눈과 눈이
마주친
불씨야

마음과 마음이
합쳐진
불꽃이야

피고
타올라라
건잡을 수 없는 불길
휩싸여버린 불길을
아니
애정의 붉은 불길을

진달래꽃

끌 수도
막을 수도
없어라

애심

꺼지지 않는 사랑을 위해
밝은 촛불 하나로

굳어지지 않는 사랑을 위해
맑은 촛농 한 방울로

피고
흐르는 내 마음을
그대
기억하게 하소서

실거리나무

귀로

떠가는 중천 해는
돌아선 그대 마음인가

떠오르는 동산 달은
낯익은 그대 얼굴인가

떠도는 천상 별은
돌아올 그대 눈빛인가

날
둘러싼 산모퉁이 길은
그대
돌아올 길인가

긴병꽃풀

깃털

공중을 나는
작은 새의 깃털이고 싶다
당신의 머리 위에 이고 가는
무거운 짐을 들어줄 수 있는

당신의 어깨 위에 짊어지고 가는
무거운 짐을 들어줄 수 있는
그런 사람이고 싶다

고독의 무게
고통의 무게
삶의 무게를 들어줄 수 있는

아
오늘도
공중을 나는
작은 새의 깃털이고자
세상 속을 헤매는
나

타래난초

운명

운명은
대자연의 섭리

오늘
흐리고
비 오는 날의 불행이
내일의 불행이라 상념 말고

오늘
맑고
해뜨는 날의 행복이
내일의 행복이라 장담 마라

운명은
변덕스러운 날씨이니깐

메밀꽃

진실

진실은
밤하늘에
붉은 포물선을 그리며
떨어지는 별똥별

그
낡은 어느 판잣집 지붕을 뚫고
방 한가운데
떨어진 운석 덩어리다

구절초

여유

사람이 삶을 살면서
숨 찬 일이 한두 번이 아니다

놀랐을 때
바쁠 때
화를 낼 때
힘든 일을 할 때마다
숨이 차고
숨이 가쁘다

이럴 때마다
어머니가
끓는 가마솥 뚜껑을 조금씩 열어
차오르는 거품을 가라앉히듯
숨을 고르고
숨을 돌려보자

패랭이

그리운 사랑

애끓는 별빛이야
아름다운 꽃 한 송이 보지 못하는 건
가려진 어두운 구름 때문일까

애타는 꽃향기야
아름다운 별 하나 보지 못하는 건
가려진 밝은 해 때문일까

둘 맘이야
하늘과 땅 사이 같이
두고두고 그리운 건
사랑 때문일까

개망초

옹달샘

깊은 산중에
샘솟는 해맑은 옹달샘 소리가
굽이굽이
흐르는
산 물 소리
산 새 소리
산 바람 소리
산 메아리 소리 같아라

자귀나무

빗줄기

비가 오네

소리 없이 비가 오네요

누구의 슬픔인지

누구의 아픔인지

푸른 솔밭 길을 따라

비가 오네

하염없이 비가 오네요

누구의 오열인지

누구의 비열인지

하얀 강줄기를 따라

굽이

굽이치는 물결은

바다 돌섬에

부딪히고 애원하는 파도 떼

하늘 구름에

부딪히고 애통하는 번개 빛

아

불그스름한 노을을

희디흰 이빨로 삼켜버린

비여

빗줄기여

매미 떼

비구름을
지리한 장마비를
잘라먹고는
한 마리
두 마리 깨어나는 매미 떼
올해도
저 울창한 푸른 숲을
또 울리겠지요
외로운 나무를
기어오르는
참 매미
써름 매미 떼가

히어리

인생살이

고달픈 인생살이에

슬픔이

아픔이 따라

못 견디게 괴로운데

왜

그믐밤 같은 외로움이

보름달 같은 그리움이

두둥실

떠오를까

아

보고픈 그대는

어디서

어떻게 살꼬

올괴불나무

푸른 솔

맑은 물을 머금은

우리 솔뿌리는

독도로

뻗은 힘이오

밝은 하늘을 머금은

우리 솔가지는

한반도로

뻗은 기상이다

보라 한 민족의 가슴마다

푸르름을 더해 가는

우리나라 대한민국의 푸른 솔이여

구부러진 허리 펴고

솔잎 향기

송화 가루를

세계만방에

뿌려라

배꽃

흰한 목련

설레는 사월

유난히 달 밝은 건

흰한 목련꽃 피는 그리움 때문일까

한 잎

두 잎

목메는 아쉬움 때문일까

아

안타까운 세월

유난히 달빛 빛나는 건

몇 번이고

흐드러지게

피고

지는

흰한 목련꽃 봄 앓이 때문일까

목련